詩集　サンクチュアリ

中山郁子

土曜美術社出版販売

詩集　サンクチュアリ　＊目次

妹に

詩集　サンクチュアリ

I

繁縷《はこべ》

あなたの机に摘み取ったばかりの
繁縷を置いたなら
誰かの悪戯とばかり
すぐさま捨てるだろう
癇性に手を洗っても
指先にこびりついている草の匂い
昨日　川原で踏んでしまった犬の糞
ま新しいスニーカーのその先の繁縷

私と逢って下さい

繁縷の花言葉だなんて
あなたはつゆほども知らないだろう
その実私も　少しも知らなかった

さようなら
もう忘れて下さい

ま新しいスニーカーを
草の汁で汚して
わたしがゆっくりといなくなる

十二歳

山鳩よ
あの子は十二歳になりました
まだ初潮を見ない

少しばかり不似合な大きな足と
細く長い指を持っている
目はアーモンドの形
澄んだ声で歌う
まっすぐな麦のように　まだ伸びるのだろう

初恋は破れよ
そうして　さびしさを知るように

初夏
いっせいに麦は熟れ
金色の穂は
あの子に挨拶するだろう

山鳩よ
遠くのおまえの声に顔を上げる
あの子は　十二歳になったのです

私と村

シャガールを観に行きませんか
恋人たちは空を飛んで　楽しげに
キスを交わしている
雌牛はうるんだ瞳をみひらいている
鍬を担いだ農夫は
逆さになっている妻に
夕餉の仕度を言いつけている
磔刑を解かれていないキリストがほほえむ

ここには生きている人はいません
いたとしても
死んだも同然です
血を吐き続ける父をとどめることは
できないので
門口に佇んで見守るほかはない
まっ赤な藪椿が村はずれまで続いている
緑色のヴァイオリニストがついてくる
木蔭では春を販《ひさ》ぐ女がいる
夢の中で詩を書いていた
詩の中で夢を見ていた
私はいたのだろうか
いなかったのだろうか

そこはすでにどこにもない
私の村である

芝生

皇后様は　かなしいとき
黙って御所の芝生の草を
静かに抜いて
はらはらと　涙をこぼされるのです
と　気の狂《ふ》れたひとが言った
そうかもしれない
深い井戸に音たてて礫が落ちてゆくように
深く得心した
あの人の薄い肩と

半ば閉じられているようなまなざしの理由

日がな一日
カーテンを閉ざした部屋で
皇后と話しているあなたと
心に数多の死者を棲まわせて
黙って歩むほかないわたくしと
いかほどの違いがあるか

花言葉

花束を抱えて会いに行った　さびしいひとに
わたしのさびしいひと
後れ毛が薄い耳朶のあたりに揺れて
口紅がはみ出ていた

あなたに会うのはこれが最後になるかも
しれないと思った
不意に饒舌になったわたしを
あなたはいぶかしそうに見ていた

言葉を失ってから尖ってゆく　あなたの耳
胸いっぱいに　クリスマスローズを
抱えていた
下を向いて咲くので
わたしに気がついて　と言うのだそうです
そんな花言葉など言わなくてもよかったのに

夜明け

あなたが病むというなら
私もまた病むのだろう
心に見果てぬ夢を抱いて
すりきれた翼で飛翔の準備をする

幾たびの夜明けを数えようと
遠いひとの声に耳は聳《そばだ》つ

オウブ

フランスの言葉で夜明け
寝乱れた髪を梳《くしけず》り
見知らぬ私に挨拶する

誕生日

いくつもの川を渡って
美術館へ行った
九歳のポニーテールを連れて

川の向こうに雲があふれて
毎日は　いつも誰かの誕生日

自由研究が決まらないの　と言って
ポニーテールは揺れる

こっそり　グミを噛んでいる

鉄橋を渡りながら
夥しい死者であふれた
とこしえの川を見ている
毎日はいつも誰かの命日

小さな　しいんとした美術館で
生涯　原爆の図を描き続けた丸木夫妻に
背中を押されて
七十歳を過ぎてから
ほとばしるように絵を描き始めた
丸木スマの絵を見た
その懸命な　喜びにあふれた

草や木　魚　馬　鳥やけもの
いつしか絵の中で一緒に遊んでいた
毎日はいつも魂と出会う日

出口に置かれた
「広島のピカ」を　九歳は無言で見ている
読み終えると灼熱の道を戻った
ポニーテールはもう揺れない

Ⅱ

秋田村草《アキノタムラソウ》

名告るほどの者ではない　と言って
羽虫を払うように
ゆっくりと顔の前で手を振る

それでも　とさらに問うと
あるかなきかの声に
秋田村草　と答う

サルビア・ジャポニカ

日向が好き

わしゃあ　田舎者じゃあけえ
学校に行く時も弟を負ぶって
山越えて行きよった
これ以上運動したら
百までも生きてしまうよ
と　こちらの田村さんは
歯の無い口で笑った
秋のやわらかな陽を浴びて
ふたつの田村草が揺れる

木洩れ日

私の主治医を　尊敬できますか
と　不意に問われた
うろたえて　目を伏せると
できないんですね　と言って席を立った
長く鬱を病む人は
もう二月だ　とつぶやいて
窓に顔を寄せた

日脚は日増しに伸び

デイルームの隅を照らしている

暖かいけど光って何も無いんですね
と言うと
でも光は　エネルギーになりますからね
と言って顔を上げた
理科を教えていると言った

金色のえのころ草が風に揺れる
あの人は木洩れ日を　エネルギーに換えて
この世にとどまっているだろうか

旅愁

さびしいから
あなたは旅に出る　と言う
スニーカーの紐を　きりりと結んで
文庫本を二冊詰め込んで
アサギマダラのように
かるがると海を越えてゆく

旅の語源は拷問と　誰かが言った
さびしさの連なりが日常なら

生きるとは何だろう

盃をなみなみと　ま水で満たし
見えないひとと汲みかわして
あなたは旅立つ

秋
あなたは　アウシュヴィッツを
訪ねると言う
かのひとが過つことは
わたくしもまた過つだろう
そうして殺戮は絶えることがない
見えないひとに背中を押されて

そそくさと　あなたは旅立つ

わたくしは待っている
あなたが頬を染めて戻るのを
赤トンボの群れる畑に立って
春の球根を植えながら

落花

死にたがる青年の傍らに坐って
花の話をした
プレトリアで見た満開のジャカランタ
そのけぶるような薄い青紫
故郷のゆれやまぬアカシアの樹
追いかけてくる葛の
むせるような甘い匂い
曼珠沙華の咲き始めた朝の庭

花の話をしたいわけではなかった
ただ虻のようにおろおろと
君の放つカタストロフィの匂いを
臭いでいた昼下がりの病室
君はやおら立ち上がると
回廊を往きつ戻りつして　不機嫌そうに
花には虫が来るでしょう　と
私を見ずに言った

ゼミナール（種子）

少年は含羞草《おじぎそう》に挨拶する
木犀の淡く匂う朝《あした》
ひたむきに挨拶する
細い指先が恥じらうように触れると
含羞草は身をふるわせて
しめやかに葉を閉じる
飛翔の準備を整えた莢から種子がこぼれる

遠さとは魔法だと少年は知っている

種子は時のようにこぼれる
日向くさいTシャツの上に
鳶色の髪の毛の上に
ここではない地《つち》を夢見て運ばれてゆく

ハジマリニ　カシコイモノゴザル*

神聖なただひとつの仕事のように
少年は懸命に種子をこぼしている
少年の旅は　始まったばかりだ

* ギュツラフ訳『ヨハネ福音書』

ノート

ワタシヲオサカナニスルナ
と青年は書いている
降り注ぐ陽をふんだんに浴びて
終日大学ノートに書きつけている
ワタシヲオサカナニスルナ

意味という深い投網にからめとられ
私は立ち竦む
それはキリストの喩であろうか

ワタシヲオサカナニスルナ

かつて遠い国で私は
光りながら空を飛ぶ魚の群れを見た
川底の泥を浚って　目の無い魚に出会った
食卓に上るのはいつも鱗のない魚ばかりで
故郷では冬　雷と共に海に湧いた

水死人の肉を喰って魚は太る
あの日海に攫われた
夥しい人の群れは白い腹を曝して
魚のように網にかかった
波打ち際に光って

ワタシヲオサカナニスルナ

眠れない夜明け
私の首にうっすらと
細い綱の跡が残る
陽は傾き　一塊の影となって
青年は書き続ける
ワタシヲオサカナニスルナ

私もかつて魚であった
母の遠い胎で
名づけられる前の遠い海で

手紙

手紙をくれるんですか
本当ですか
イヤじゃないんですか
イヤだったらすみません
ボクも書いていいんですか
本当ですか
お手紙来てうれしかったです
また書こうと思います
身体に気をつけて下さい

御飯を炊いて食べました
玉ネギを薄く切って食べました
オクラも刻んでみました
目玉焼きを焼いてみました
何とか生きてます
ユニクロで服を買いました
花に水をやりました
星の王子様が気になって買いました
谷川俊太郎の詩を読んでみました
何だかわかりませんでした
散歩の時　歌を歌うこともあります
心配してくれてありがとうございます

私　辞めるんだよ

何か話してよ　と言ったら
緘黙の青年は
さようなら　と言って
走って行った

音楽室

少年がホルンを吹いている

校庭の片すみで
ヤマボウシはじっと聴き耳をたてている

三階の部屋の窓から
私はヤマボウシを見ている
淡い水色の光の粒になって

ちちはは　は　私を見ている
誰かが『魔王』を歌い始めた

カトマンズのおじさん

五十でも八十でも
死ぬって当り前だろ？
オレが祈るのはその日まで
自分の足で歩いて
役目を果たすことができるようにって
ことだけさ
そう言っておじさんはニッコリ笑って
雑踏に消えた
汚れた紙きれの吹き荒ぶカトマンズの雑踏

ヤセたヤギが通りを歩いている
彼方には雪を戴いた
ヒマラヤが見える
私の心に真っ直ぐに届いた
見ず知らずのカトマンズのおじさんの言葉

モーツァルトを知らずに
おじさんは死ぬだろう
ティラミスなんて食べないだろう
小説を読んだりしないだろう
それでもおじさんはふかぶかと満たされて
笑って死ぬだろう
ひびわれた甕のような心に
ゆっくりと白湯がしみていった

カトマンズのおじさん
どうぞお元気で
もう見えなくなった背中に向かって
手を合わせた

Ⅲ

某

雪深い北の国の生まれ
それが詩のすべての始まりだった
某（それがし）の
春になるといちどきに花が咲いて
雪解け水は田を満たし
大きな湖になった
空を映し私を映した
夢という宿痾と
暮しの軛《くびき》を負って

街へ出て来た
草々も花々も何でもかでも
袋に詰めこんだはずだった　はずだった
気がつくと
詩嚢はカラッポ
それがまた始まりだろうか
某（それがし）の
カラッポを抱えて
歩くほかない帰り道に
昨日　夕焼けを売る男に出会った

二月

心の狭い男と長く暮した
私も心の狭い女である
行くところがないので寝ておる
歳月が刻んだ寂しいシワが
苦悶の色を浮かべている
と　見ると　イビキをかき始める
あるいは息吹きか
二月ながら日は明るみ
水仙が長い茎を伸ばしている

遠からず永い眠りにつくのだから
そんなに眠らなくともよいだろう
私たちのつつましい夕餉のために
さみどりの菜を摘んで来よう

私もいずれ
わずかに見聞きしたことを
花のように抱えて
旅の仕度をしなければならぬ

鶯が茱萸《ぐみ》の枝に止まっている
まだ鳴き方を知らないのだ

卵かけごはん

私のソウルフードである
父の明治を食べるのである
いつもお腹を空かしていた
あの日の私を食べるのである
暗がりのあの日の父と母を食べるのである
来る日も来る日も雪の降りやまぬ
しょぼくれた鉛色のふるさとを
食べるのである
まだ誰も起き出さぬ朝に

目玉焼きを半熟に焼いて
アツアツの御飯に載せて
おし頂いてガツガツと食べるのである
それは一人で食べるのである
卵を妹と半分に分けたその正確無比な
酷薄な骨肉の争いを食べるのである
父の嘆息と母の涙を呑み下すのである
行方知れずの兄と
集団就職の姉を食べるのである
過去ばかり食べ続けて我に返り
不意に　あと何回食べることができるのだろうと
残り少い未来を食べるのである
明日の暮しのために
一升の米を借りに出かけた

友人の悲しみを食べるのである
食うに困らない年金をおし戴いて
幸福だと声を弾ませる友人に
涙を流すのである
そうして一日を
懸命に働いて
この世を去る日まで
卵かけごはんを食べようと思うのである

野薔薇

父を泣かすことが好きだった
十七歳だった
東京に行きたい　とつぶやくと
きっと泣いた
大きくみひらかれた牡牛のような眼から
ボタボタと涙がこぼれて
ため息とも叫びともつかない声が洩れた
見届けると裏の山に入った
カッコウがうるさくて

頂きまでいっさんに駆けた
風でふくれあがった心臓とスカートを
もてあました
野薔薇の蔓に足を取られて
くちびるを切った
草いきれと錆びた血の臭いが
一日のすべてだった
あの夏

パヴァーヌ

見つからないの
探してよ
何か大事なものを　失くしたような気がする
でも　何だかわからないの
一緒に探してよ
わからないものを探すことはできないよ
と言ったところで　納得しない
夕暮れが迫って　お腹も空いて
老いたひとは　泣き始める

失くしたものが　何なのか
幸福だったのか　夢だったのか
もう誰にもわからない

晩年
事故で記憶を失ったラヴェルは
亡き王女のためのパヴァーヌを聴いて
涙を流して言ったという

ナンテ　ウツクシイキョクダロウ
ダレガツクッタノデスカ
モウイチド　キカセテクダサイ

老いたひとの手を取って

私は夢でパヴァーヌを踊る
永遠に老いることのない幼い王女が
画布の向こうから
こちらを凝視めている

サンクチュアリ

カワセミが飛ぶのを見た
暮れてゆく初冬の川原で

カワセミがいましたね　と
誰かに告げたかったが
振り向いたのは　外国の人だった
コニチワ　と会釈して
自転車で走り去った
あとはさびしい川原であった

幼年と影を連れて
川を追って駆けた
足音に驚いて雁たちは飛び退る
もうカワセミは見えない
郷愁と悔恨を齢《にれか》みながら
鮭のように川を登る
私の脳髄に残っている故郷の川の匂い

娘は家で幼子に
鰯を煮ている
カワセミより鰯が大事な娘であった
サンクチュアリ
キッチンをせわしなく動き回る
娘のつつましい幸福

詩人症

君は不遇のうちに年老いて死ぬだろう
醜い顔をして血と吐瀉物に塗《まみ》れて
誰からも顧みられずに
陽の射さぬ部屋の片隅で
看取られることもなく死ぬだろう

あーんと開いた口から悪臭が洩れ
むんと蒸れた布団から
さわさわと這い出してくるのは

ついに叶わなかった夢のカケラだ
しかし君の百篇の詩
息もつかずに読んだ昼下がりの白い部屋で
遠いはるかな声に呼ばれ
私はぶるぶると発熱していたのだ

植物祭

生きているのではなく
息している
生きるのではなく
生かされている

樹のように黙っている
樹のように動かない
しかし　絶えまなく渇く
イエスのように

あなたがたを誰が
植物と呼んだのか

旅人を癒す木蔭もなく
托卵の雛を育む枝もなく
風を孕む梢もなく

ただ位置として在る　白い部屋を
植物とは違う呼気が
ひたひたと汚してゆく

誰も私の名を呼ばない
愛していたのは言葉だったのに
言葉を失った人たちの間に立って安らぐ

不意に誰かが花の名で私を呼ぶ
私もまた樹のように立っていたのだろうか

『生きるとは日々過つこと』*
繰り返し夜を重ね
嘘を重ね
くちびるを重ね
日夜おびただしい汚物に塗れて眠る

イキル
I　Ki　Ru
アイ　キル
明け方の樹下で君の斧は

明確な殺意を持って冴え冴えと
研がれている

＊ 吉野弘詩集より

家系

夕暮れの窓辺に立つと
なじみの女のように
かなしみが寄り添ってくる
探していたのはさびしい動詞だった
おまえではなく

背負いなれた荷物のように
かなしみをそっと置く
しくしくと空腹のように

ひたひたと花冷えのように
足下からはいあがってくるおまえ
猫のような薄い目をして

私は名を呼ばない
名付けられない言葉でふくらんだ荷物を
どこへ置こう　おまえ
枯れ葉色の肌をしたなじみの女　夜よ

見るがいい
肥沃な大地の下には
るいるいと屍が眠っている
湿った風が私に吹く
私はすぐにみつけられてしまう

慕わしい死者たちに
死者たちは私を呼ぶ

五月　ごうごうと風は吹き
花盛りの森はいつも喧《かまびす》しい

あとがき

詩集などもう出すことはあるまいと思っていた。そう口にすると今度は妹がポンと背中を押してくれた。仕事やランチを決めるのは早いがこの度は決めてしまうといつまでもグズグズし何日もボンヤリした。
人の思惑ばかり気にしていると我に返り、妹の言葉に乗ってみることにした。詩という私の小さな聖域《サンクチュアリ》、あるかなきかの水を守ることで命を紡いできたと言えるかも知れないと思った。

二〇二〇年九月

中山郁子

著者略歴

中山郁子（なかやま・いくこ）

1953 年　秋田県生まれ

詩集　1994 年『補助線』
　　　2005 年『挨拶』
　　　2017 年『部首名』
歌集　1996 年『スパゲティ・シンドローム』

所属　「形」

詩集　サンクチュアリ

発行　二〇二〇年十二月十日

著者　中山郁子
装丁　直井和夫
発行者　高木祐子
発行所　土曜美術社出版販売
〒162-0813　東京都新宿区東五軒町三—一〇
電話　〇三—五二二九—〇七三〇
FAX　〇三—五二二九—〇七三二
振替　〇〇一六〇—九—七五六九〇九
印刷・製本　モリモト印刷
ISBN978-4-8120-2608-3　C0092